기억은 그리움을 들춘다

기억은 그리움을 들춘다

초판인쇄 | 2021년 12월 10일
초판발행 | 2021년 12월 15일

지 은 이 | 조규옥
편집주간 | 배재경
펴 낸 이 | 배재도
펴 낸 곳 | 도서출판 작가마을
등   록 | 2002년 8월 29일제 2002-000012호
주   소 | 부산광역시 중구 대청로 141번길 15-1 대륙빌딩 301호
              T. 051248-4145, 2598 F. 051248-0723 E. seepoet@hanmail.net

ISBN 979-11-5606-183-0 03810   정가 10,000원

※ 본 도서는 2021년 부산광역시, 부산문화재단 지역문화예술특성화지원 '부산문화예술지원사업'
   으로 지원을 받았습니다.

작가마을 시인선 52

기억은 그리움을 들춘다

조규옥 시집

도서출판
작가마을

지리학을 공부하고 싶었다

사회학을 공부하고 싶었다

나는 인문학을 알아차렸다

조규옥 시집

작가마을 시인선 52

차례

제2부

조규옥 시집

차례

제3부

기억은 그리움을 들춘다

제4부

기억은
그리움을 들춘다_____조규옥 시집 · 작가마을 시인선 52

제1부

성장통

계절이 바뀔 때마다 당신은 등을 긁는다 손이 닿지 않는 견갑골 골짜기에 짚신벌레가 꼼지락 거린다 후덥지근한 날씨에 아메바는 증식하고 무성생식하는 당신은 단세포가 된다 정복하지 못한 원형질, 간질거리는 상념들이 나무둥치에 제 몸을 부빈다 지상에 거처를 구하는 일은 풀밭에 떨어진 눈물을 분할하는 것 촉촉해진 당신의 눈 그늘 천천히 부푼다

바람이 분다

모래바람을 뒤집어쓴 아이들 쏜살같이 학교를 빠져 나
간다 찬란한 거리의 색조는 황금색으로 엄숙해지고 사람
들은 눈만 빠꼼하다 눈치 빠른 고양이는 황사마스크와 윈
도 브러시가 달린 보안경을 쓰고 의기양양하다 나무들이
유령처럼 움직일 때 빛의 잔해들이 청소기 안으로 빨려든
다 회오리바람을 일으키며 돌진하는 초록도마뱀, 어느새
드높은 사유는 공중부양중이다

통제 불능

길을 걷다가 넘어졌던 황당한 기억을 소환한다 땅에 머문 시간은 단 몇 초 그 몇 초의 순간이 온몸을 통제한다 정지된 장면 위로 무릎에서 베어 나오는 핏자국에 놀라 역류성 식도염 발작처럼 사지가 뒤틀린다 어젯밤 수면장애로 도난당한 혈압까지 소환해 놓는다 경미한 인지장애와 혼돈 화면정지 상태로 유착관계 증명서를 내미니 밀착접촉자로 검사키트 받아든다

바이러스

문자 하나 날아든다 벌써 다섯 번째다 엘리베이터 층수를 누르고, 버스 손잡이를 잡으며, 환경호르몬 묻은 영수증을 받은 손, 메시지를 들여다보는 눈동자 빨갛다 지하철 건너편 남자 마스크를 벗는다 일제히 수많은 눈알들이 한곳에 쏠린다 가자미눈으로 마구 노려보며 복화술을 부린다 네모난 입이 움찔거리던 내 옆의 젊은 여자는 사래기침을 한다 눈물까지 흘리며 콜록 거리자 남자는 희번덕거리며 침을 흘린다 용수철처럼 튀어 오르는 사람들은 목을 감싸며 출구로 몰려간다 순간 문자 바이러스 일곱 번째로 엘리베이터에서 내린다

마술사

도화지 위에 선을 꺼낸다 선을 따라가는 손목 부드러운 관절 목을 지나 몸으로 힘이 들어오는 온기를 느낀다 팔 다리로 선은 내려 가다보면 만져지는 박동소리 어느새 기 울어진다 가만히 본다 선은 빛의 파장에 따라 들로 산으 로 속도를 낸다 그 선 빠르게 급발진을 하다 하늘도 들추 며 그렇게 한참을 걷다보니 길을 놓친다 나이테를 알 수 없는 선은 눈 깜짝 한 사이에 검정자루 속으로 숨는다

되감기

고목나무 앞으로 걷는다 자꾸만 앞으로 쏠리는 걸음 무거운 짐이 누른다 뿌리 속에 숨긴 어둠 들고 길을 걷다가 꾸물거리던 태양을 만나 속내를 내 보인다 넋두리 같은 그런 이야기 나무껍질에 써 내려간 흔적들 부서지는 숨소리에 서서히 속을 다 비운다 그 속에서도 다시 피워낼 봄을 위해 고행중이다 봄에는 새싹 들고 여름엔 훌쩍 커버린 나뭇잎 무성히 피워 가을 마중하느라 분주하다 어느 날 돋보기 들고 고목나무 앞으로 함박눈이 내린다

소리 창고

깊은 밤 속삭이듯 들리는 초침소리 점점 가까이 다가온다 무거워지는 눈꺼풀 속으로 스며드는 디지털시계의 불빛 저 혼자 흔들린다 희미하게 벽을 타는 의식 사이로 코 골이는 제 호흡에 놀라 부들거리고 천장에 매달린 황금박쥐들은 편집된 세상을 거꾸로 세운다 위층 변기 물 내리는 소리에 흔들거리는 망상들 치부를 드러내며 황홀한 고통을 즐기는 고요함, 뜬눈으로 불면을 노래하는 바이올렛, 이 밤을 지킨다 따뜻한 침상 깊숙이 몸을 파묻어도 따라오는 그림자들 은밀한 상처를 어루만진다 새벽 풀밭에 떨어진 눈물을 줍는 오케스트라 심벌즈에 나는 실눈을 뜨고 창백한 아침을 더듬는다

악성코드

소설 속으로 들어간다 나는 비련의 여인이다가 피의 복수를 하는 주인공이다 한참을 떠돌다 내게로 오는 작가는 키워드가 무엇인지 묻는다 단숨에 빠져버린 난독에 나는 할 말을 잃는다 너무 진지해서 웃다가 우는 희극이 아니다 읽다 만 페이지를 접으며 사건들이 일어나는 시점에 나는 밑줄을 긋는다 지나온 줄거리를 찾는다 하지만 형광펜에 사라진 인물들이 돌아오지 않는다 나는 이방인이 되어 그들이 사라진 곳을 탐색한다 늦은 밤 책장 넘어가는 소리에 좀비 하나 나타난다 밤새 부릅뜬 눈은 빨간 핏줄이 선다 엄습하는 공포에 책을 덮는 순간 적색경보가 깜빡인다

시곗바늘

시곗바늘이 휘어진다 수많은 명화 속에서 길을 찾고 있
는 주인공을 따라 오묘한 세계로 빨려간다 먹고 사는 일
은 즐거운 배설을 요구하고 비극보다 해피엔딩을 꿈꾸는
일상은 주인공을 괴롭히는 악역을 구한다 나쁜 남자를 더
사랑하는 문맥들은 빗금 친 날들을 넘긴다 밤새워 줄을
세운 날짜변경선 경계를 풀지 않는다 무장을 한 사내는
칼날을 갈고 있다 이야기 속 행간이 무작위로 쓰러진다
무딘 분침 사이로 지나가는 불빛 아우구스티누스의 "나
자신이 문제일 뿐" 독백을 던진다

거리두기

    한바탕 쓸고 간 장마 물먹은 거리가 질척하다 화단 한 귀퉁이 축축한 흙 속에서 풍만해진 지렁이, 여름상추 사이를 비집고 간다 진액을 실어 나르며 대공의 속살 옆 대파의 끈적임도 잠시 지난여름 아스팔트길을 생각 한다 알몸으로 드러누워 창자 꼬여가던 복통 살기 위해 기를 쓰던 악몽 같은 시간, 마디 없는 몸으로 흙냄새를 맡으며 그늘을 찾아간다 마른 땅에 무덤을 판 관절통 매운 대파 곁으로 술잔을 기울이던 비를 만난다 상추밭에서 오줌 지리던 지렁이 통곡소리에 허리 굽힌다 뽀얀 속살이 툭툭 붉어지기 전에 물오른 상추와 거리를 둔다

제습기

  안개비 내린다 심연 속으로 아스라이 멀어져가던 그가 다가온다 아련한 추억은 밀도 있게 창문을 닫는다 정체불명의 비릿함 잊고 싶은 기억을 자극한다 가슴에 닿는 촉촉함은 점점 눅눅해지고 굴절된 사물들이 물방울에 젖는다 내방에 갇힌 나는 조절되지 않는 수증기에 좌표를 찍는다 경직된 얼굴 하나 떠오른다 슬픈 곡조의 운율이 화려한 꽃 무덤을 지난다 응결되지 못한 나는 수평선 너머 적도로 간다

감나무

 냉장고 앞에 선다 냉장고가 언제부터 여기 있는지 모른다 아니 내가 왜 냉장고 앞에 있는지 도통 알 수 없다 시커먼 구름떼 몰려온다 한바탕 휩쓸고 간 폭풍에 무성하던 감나무 송두리째 꺾이고 무참히 찢어진 나뭇잎 사이로 비바람은 빠져 나간다 깊은 상처는 서럽게 운다 밤새도록 흘린 눈물이 잦아들고 느린 걸음에 끌려간 골짜기마다 햇살이 돋는다 힘없이 쓸려온 토양과 부러진 나뭇가지들을 본다 앙상하게 서 있는 감나무 한 그루 무릎 끊지 않은 것이 다행이라 위로한다 겨우 붙어있는 잎사귀들 아우성이다 지난해를 잃어버린 나는 냉동실을 열어 감나무를 꺼낸다

외갓집

대나무집 우물에 두레박 던진다 바람소리에 무성하게 일렁이던 그리움, 삼복더위 시원한 물 한 바가지 외할머니 더운 속을 달래준다 도시로 나간 큰 자식 무소식에 대나무 숲만 바스락 거린다 그해 봄 죽순처럼 화병이 불쑥불쑥 올라오고 밤바람에 서리가 하얗게 내린다 동지섣달 대숲은 무섬을 머리끝에 세운다 두레박 소리 들리는 외갓집 대나무 꽃이 필 때면 붉은 나비가 날아든다

신작로

들판을 지키는 나무 한 그루 서있다 사거리를 가로지르
는 바람을 타고 나는 하염없이 하늘을 본다 보랏빛으로
익은 이마를 쓸어내며 논두렁으로 굴러도 아무렇지 않게
치마를 털며 올려다보는 푸른 하늘, 신작로가 있는 들판
모두 내 것인 그 길에서 나는 당신을 만난다 무거운 짐을
지고 버스를 타는 당신은 멀어지는 나에게 손짓을 하며
논산 장에 간다 고등어 한손 들고 어깨춤을 추는 당신의
추임새에 장단을 맞추던 버스는 덩달아 들썩거린다

미루나무의 그늘

 미술시간이었다 아이들은 진성이네 논으로 달려가 황토
를 퍼냈다 논두렁 구멍이 커질수록 몸이 더 안으로 굽었
고 차례를 기다리는 아이들은 조금만 파라고 재촉했다 얼
굴이며 무릎까지 묻힌 황토를 들고 신작로 미루나무 그늘
로 줄지어 걷는 아이들 조약돌 걷어차며 응원가를 불렀다
미루나무에 걸린 노래가 하늘로 올라갔다 아이들은 붉은
황토를 바르며 인디언 놀이를 했다

낙하

　벚꽃터널을 지난다 꽃잎 휘날리는 자유로움의 낙하 눈이 부시다 사랑니를 앓는 소년처럼 벚나무는 아린 흔적을 남기지 않으려한다 바람이 지나간 자리마다 연분홍빛 물결이다 손을 놓지 않으려는 사연 가벼이 날다 떨어지는 꽃은 속살이 보일 듯 말 듯 언제나 가까이 있다 켜켜이 쌓아가는 나이테, 사유의 파편들 무심히 흘러가듯 흩날리는 봄은 빨간 버찌를 기다리는 것이라며 벚꽃 그늘을 빠져 나온다

정오

　청춘을 말린다 부드러운 스킨십으로 무거운 외투를 받아들던 그날의 눈부신 기억은 설렘이다 그는 내 입술을 애무하며 나를 중심으로 돌고 있다 그의 몸이 뜨겁게 달아올라 그의 욕망이 내 허울을 벗기던 정오, 오색 빛깔로 피어날 봄날의 어느 하루를 이고 내게로 온다 오후 해 걸음까지 범어사 돌담길로 그의 열정은 머뭇거림도 없이 돌부리 휘감는 흑백사진으로 온다 가끔은 가녀린 봄 처녀의 허리춤까지 파고들어가는 깊은 투시력 앞에 누이고 그에게 순종하는 나의 짝사랑의 종심에 동행을 자처한다

어느 해

　양은냄비에 마른 멸치 몇 개와 다시마 한 조각 넣고 무
국 끓인다 무심한 무 한 토막 툭툭 치며 솥뚜껑 덜컹거리
고 과열된 소란으로 붉게 차오르는 뚜껑 터질 듯 열정은
어느새 한여름 폭염 같다 끓어오르는 멸치 라틴댄스에 혼
이 나가고 다시마는 뜨겁게 미끄러지며 몸부림치다 소금
을 든 손에 200자 원고지를 풀어 놓는다 진한 아픔을 남
긴 마늘과 파를 다진다 깊게 패인 국자로 간을 본다 시원
한 국물에 치열한 댄스 배틀도 의미가 없다 가장 행복한
날 나는 멸치인가 다시마인가 어느 해 여름 내내

제2부

감나무

오래된 소문은 쓸쓸했다 무성한 나뭇잎 비집고 들어온 귀엣말을 막았다 목련은 목련끼리 감나무는 감나무끼리 몸을 부비며 생의 끝은 꽃이라고 열매라고 우겼다 꼿꼿하게 서있던 해바라기는 태양이라고 거들었다 바람은 먹구름 몰려오면 비가 온다고 했다 담장 밖으로 넘어간 감나무는 가짜뉴스만 듣더니 이제는 진짜를 알 수 없다고 했다 어느 날 까치가 날아왔다 까치는 내 밥이 어디 있냐고 물었다 감나무는 진짜 까치가 맞는지 물었다 평화로운 마을에 가냘픈 목소리 떠있었다 처마 밑에 매달려있던 곶감은 내가 까치밥이라고 했다

상사화

　햇살 들어오는 현관에 상상화 걸려있다 작가미상이다 숲은 빨갛게 물들고 노란 비옷을 입은 아이가 초록우산을 들고 있다 이상한 것은 맨발로 서있는 아이는 여자인지 남자인지 알 수 없다 어릴 적 나를 바깥놀이를 좋아하여 사내아이 같다고 놀리던 어른들의 말을 먹고 컸다 흙 묻은 치마를 날리며 새털처럼 가볍게 뛰어오르던 하늘은 저 높이 있다 비가 내린다 노란버스에서 아이들이 왁자지껄 내린다 다행이다 아이들은 장화를 신고 있다 빌딩숲 사이로 무지개가 지나간다

다행이다

운명을 누가 결정할까 생명은 누가 부여 하는가 세상을
향한 첫울음 어미의 고통과 나의 고통은 절대 풀리지 않
는 뫼비우스의 띠다 할머니의 할머니로 이어지는 유무형
의 것들이 어미를 통해 내게 온 것이다 찰나에 이루어진
인연의 끈은 탯줄로 이어지고 복식호흡은 어느덧 어미의
짧은 숨으로 잦아든다 어미의 향기가 아비의 흥을 북돋으
며 나로 하여금 처음과 끝을 만나다

접시꽃 향기

꽃 접시가 있다 시간이 담기고 음식이 익어간다 그녀의 별명이 꽃 접시다 하지만 주어진 시간은 요리만 담는 게 아니다 이야기도 담긴다 그는 방이 필요할 뿐이다 식탁에 향기를 담고 메뉴판엔 장미꽃을 장식한다 접시 위에 아로마 향이 웃고 있다 지나가는 행렬을 따라 숙성된 산화환원 반응에 따라 향으로 탄생한다 어느 날 편두통이 사라지고 집 나간 식욕도 들고 온다 오래된 접시꽃 피고진다 향기가 난다

훈장

　모자를 푹 눌러쓴다 아직도 긴 터널을 벗어나지 못한 코
로나 올해는 빨리 사라지기를 바라며 집을 나선다 당리동
마하로 31번 길 대문 앞 당신을 기다리는 것은 등 굽은 파
지다 허리에 통증 있는 당신을 위해 산처럼 쌓인 파지를
올려 주던 나는 알바를 하러 간다 주름진 이마골마다 훈
장을 남기던 당신은 마하로 뛰어가는 나를 본다 손이 닿
지 않는 골목길을 벗어나는 나는 반듯하게 서있다 목마른
골목길 오늘도 마스크 속에 감춰진 진실은 빈 수레를 채
운다 걸음을 옮길 때마다 당신은 갸우뚱 한다

급물살

　배를 깔고 엎드려 있다 한대와 온대를 두루 선접하고 연
안을 떠돌아 온 낯익은 가자미, 조선무 듬성듬성 썰어 가
자미 배 밑에 깐다 양파 대파 마늘 넣고 간장 몇 술에 물
한 홉 간을 맞추고 태양초를 넣어 가자미 몸을 달군다 조
선 땡초 매운맛 아가미 자갈 물린다 양은 냄비 가스레인
지 강 불에 올려진다 불붙은 가자미 살 태워 바닷물을 휘
젖으며 해저 터널로 빨려들어간다

돌단풍

 돌단풍 꽃 핀다 돌 틈 사이 초롱 한 눈웃음 짓는 새순 한 겨울을 지나 꽃대를 밀어내는 생명력, 작은 어깨를 들썩 이듯 바람은 가만 앉는다 한기가 온몸으로 퍼지고 따뜻한 시선 너머로 다가오는 봄의 노래, 냇가로 흐르는 물소리 에 수풀은 온종일 종알댄다 바위 곁으로 단풍 닮은 잎들 이 햇살을 찾아 바위틈으로 오르면 작은 벌레들은 더듬이 를 활짝 편다 하얀 꽃잎이 하늘 거린다 거친 표면에 비늘 을 세우는 여린 돌단풍 꽃 도도히 흔든다

거리 두기

  마스크를 살 때도 버스를 탈 때도 우리는 거리를 둔다 초
침과 분침사이 날짜 변경선이 일 년 넘어 이년 째 거리를
둔다 친구의 안부가 궁금하다 옆집 강아지가 짖는다 TV
속 세상이 거리를 둔다 나의 하루와 너의 오후가 너무 멀
리있다 엘리베이터를 누른다 10층에서 한사람이 탄다 18
층에서 탄 남자가 7층에서 내린다 5층에서 멈춘다 많은
눈들이 문이 열리기를 기다린다 마스크를 하지 않은 남자
가 서있다 모두들 숨을 멈춘다 날숨과 들숨이 거리 두기
를 한다

미닫이 문

  늦은 밤 불이 켜진다 창밖은 온종일 서쪽으로 향해 축축
하다 제습기는 하루 종일 연속모드다 손때 묻은 책들은
버릴 수 없는 집착, 컴퓨터 속에는 현재와 과거가 씨름을
한다 전선줄 하나에 매달려 벌겋게 상기된 얼굴로 끌려
다니는 복병 하나 마우스의 독선 멈추는 곳마다 잠금장치
로 무장한다 연금통장 부둥켜 안고 종합검진 결과지에 이
름 모를 수치를 계산하느라 들락거린다 그 방은 미닫이문
수입과 지출을 밀고 당긴다 문틈으로 흘러나오는 불빛 동
쪽을 향해있다

소용돌이

폭풍 속으로 거실이 잠긴다 창밖은 빗물이 쉼 없이 넘실거린다 커피 잔을 들고 창가에 앉아 밀려드는 물결을 본다 거친 물살에 몸을 맡기면 몸이 가벼워진다 씻겨 내려가는 제국의 크기를 살펴보는 미련한 변명은 발악을 하며 테트라포드가 무너지고 하수구가 역류한다 통곡을 쏟아내는 지표면들이 아우성이다 목소리 클수록 주목을 받는 황당한 사연들이 대서특필을 장식한다 커피 잔에 무시로 날아드는 나비 한 마리, 생각의 흔적들이 비구름의 씨가 된다

낙하

 경비실에 경비원이 없다 경비원은 노란 은행잎을 쓴다
싸리비 들고 이쪽을 쓸면 은행나무는 저쪽으로 쓰러진다
하루쯤 눈감아도 좋으련만 낙엽 밟는 소리가 하루를 못
버티고 사라진다 추억을 싫어하는 사람들이 경비원을 울
린다 파란하늘 높이 감싸는 관념들이 우수수 떨어지면 가
을은 천연덕스럽게 물들어간다 삭막한 도시 자동차가 지
나간 자리에 쓸쓸한 기억들이 굴러간다
 이름 모를 한 생은 격렬하게 떨어지는 낙엽들이 사멸하
는 순간을 응시한다

미로 찾기

　어디로 가야할까 일 년 내내 환상통은 좀처럼 떠나질 않는다 출처를 모르는 산으로 바다로 달려가 봐도 길이 보이지 않는다 하루하루 지루한 숫자 희망을 노래하지만 불확실성은 끝내 애매한 대처법에 던진다 떨어져 나간 시간에 자가진단 해 본다 차일피일 미루던 문을 열어보는데 현관에서 다락방까지 지루한 숨소리 매달고 사는 비굴함에 거만한 무법자는 완벽한 꿈을 설계하는 중이다

일방통행

동쪽을 봤다 해가 뜨면 희망이 솟는다고 생각했다 책상
머리맡에서 동쪽을 찾았다 어느 날 동쪽을 향하던 손짓은
허공을 돌며 자꾸만 서쪽을 가리켰다 소년은 아직도 동쪽
을 보냐며 눈알을 굴렸다 이미 성장 통을 겪었는데 밤마
다 몸이 늘어나는 고통을 아냐며 목소리를 드높였다 꿈틀
거리는 열정이 계획을 세웠다 책상다리 삐거덕 거릴 때
마다 해바라기는 혼란스러웠다 서쪽으로 해가 지는 걸 처
음 보았을 때처럼 갓 깨어난 꿈들 동쪽을 향했다

긴 여운

핸드백을 샀다 어깨에 메기에는 매우 짧은 끈이다 몇 번
들고 다니다가 구석에 밀쳐뒀다 버리기에는 아까워서 개
무시하고 지냈다 제풀에 낡아버린 가방 꺼내 본다 그 가
방 속에 졸업장이 있었다 위조한 것도 아니고 빌린 것도
아닌 원본이었다 갑자기 소환당한 학창시절과 졸업사진,
어깨 끈이 짧은 그 가방에 들어 있던 졸업장을 꺼내는데
딸려 나오는 긴 가방끈 그 속에서 속 앓이 하다 빛을 본다

부평초

비가 온다 돌부리에 빗방울 흩어진다 빗방울은 순간 통
튀더니 다시 떨어진다 궁금해진다 하늘에서부터 자유 낙
하를 생각했을까 낙법을 알고 뛰어내린 것일까 의문은 한
참 머물 곳을 찾는다 어떻게 내려가야 바다로 갈수 있을
까 비를 기다리는 숲은 불감증에 시달리고 갈증에 허덕이
는 이끼는 누렇게 뜬다 표면장력에 연꽃잎에서 미끄러지
는 빗방울에 개구리 뛰어오르고 무릎을 땅에 대고 유유히
흘러가는 부평초로 떠있다

툇마루

　고등골 구들 막에는 따뜻한 온기가 몸을 데워낸다 황토 냄새가 집 나간 정신을 쓰다듬는다 한밤중이다 초롱초롱한 눈망울 달래보지만 더 맑아지는 정신 줄 가끔 지나가는 기적 소리에 시간을 알아차린다 저 기차는 어디로 가는 지 누가 누구에게 가는 지 소리만 냅다 지른다 언제쯤 저 기차는 소리 없이 달릴까 꼬리를 문 생각이 기찻길을 끌고 간다 어디서 개 짖는 소리가 들린다

새벽이다

    왼쪽 어깨뼈가 솟는다 무수히 들어 올린 것들이 몰려온다 악 하는 단말마 아프다 무례하게 아프다 뼈와 근육사이 접점을 찾는다 공기 빠지는 소리에 과거는 흐지부지되고 꿈을 향한 어깨는 힘이 빠진다 잘 생긴 의사는 수술을 하면 좋아진다는 희망고문을 하고 통증에 잠 못 이루는 밤은 밤새워 들어 올려야 할 것들을 들고 존다 어느새 밤은 감추어둔 여명의 무게를 밀어 전화기에 태운다

시공을 넘다

발목이 시큰거린다 일 년을 넘기고도 아려온다 그동안
아픔을 달래주고 긁어주고 안아주었건만 통증은 여운을
남긴다 아직도 한번씩 관심이 필요한가 생각하다가 발목
의 이야기를 듣는다 걸음마를 익히고부터 제멋에 뒤뚱거
리며 뛰어다니고 잘났다 혹사시킨 세월을 메고 간단다 한
겨울 지나가는 눈발에 미끄러진다 단 한번 실수로 부러진
발목 철마다 일기예보 하는 날이면 어김없이 뿌옇게 우려
먹는 도가니탕에 빠져버린단다

들꽃 치마

소녀가 울고 있다 꽃무늬 치마를 입고 싶다는 소녀를 달래는 어미는 누렇게 찌들어가는 하얀 광목옷이 단벌이다 어미는 장날마다 꽃무늬 치마에 눈이 쏠린다 선뜩 살 수 없는 꽃 치마 차창으로 흐드러지게 핀 들꽃을 바라본다 바람에 살랑거리는 들꽃 눈물 꽃이 핀다 검정치마 입던 소녀 첫 월급에 사드린 빨간 내의 보석처럼 벽장에 모셔 두고 꽃무늬 버선발로 달려 나온다 어미 품에 꽃치마 안긴다

기억은
그리움을 들춘다조규옥 시집 • 작가마을 시인선 52

제3부

적색경보

한여름 아스팔트 위 왜소한 어깨 하나 들썩인다 며칠째
이 길을 걷는다 보청기를 낀 자동차 요란하게 떠난다 나
무그늘 하나 없는 어디쯤에서 만보기를 찬 유모차가 신호
등에 걸려있다 사방을 둘러보아도 눈이 부시다 찡그린 미
간 사이로 가로수가 보이고 그림자 밖에 서있던 남자는
그림자를 접어서 양복 안주머니에 넣는다 저 멀리 흔들거
리는 팔을 옆구리에 바짝 붙인다 그럴듯한 얼굴로 다가오
는 신호등 수리중이다

독백

영안실 곡소리가 흔들린다 제각기 태어난 이름마다 세월을 갈아먹는 붉은 피, 피돌기를 한다 지하계단을 부여잡는 망자 회한으로 떨고 있다 검은 테를 두른 영정사진에 따뜻한 손을 얹는 모정 가슴 시리게 저린 눈빛을 닮은 청춘은 '아이고' '아이고' 후렴구를 들이 마신다 당신을 사랑하기 전 나는 아무것도 아닌 것처럼

펄럭인다

금정문화회관 앞 태극기가 펄럭인다 고속도로를 지날 때마다 나는 DMZ 대성동 마을 태극기를 소환한다 하늘 높이 솟은 국기 앞에 경건해진다 키 작은 나에게 하늘은 동경이다 우리의 꿈들이 별이 되지 못한 채 우수수 떨어질 때도 힘차게 나부끼는 희망 앞에 숙연해진다 목함지뢰 매설된 사선 너머 비무장지대에 살고 있는 우리는 오늘도 건널목 앞에서 파란불을 기다린다

희망찬가

아침마다 코피를 쏟아내는 오라버니 창백한 얼굴로 독학 한다 기울어진 가문을 일으키려는 굳은 의지에 밤을 불태우며 새벽마다 달빛어린 정안수 홀로 들이킨다 그 기와집에 사는 어린 소녀는 어깨가 무거운 오라버니의 무심함에 서러워하며 투덜거리던 시절을 꺼내든다 무성하게 자란 숲길을 함께 달려가자던 오라버니 붉은 피 멈추던 날 산책길에 들어서는 오라버니 박자를 놓친다

낯선 세상

먼 길을 떠났다 강도 있고 산도 있었다 광활한 들판이 길
을 안내해 주었다 흔적 없이 사라지는 화면에 헛발질을
했다 경직 된 몸 돌기둥이 되었다 아주 빠르게 지나가는
공포 내게로 달려드는 형체는 사람이었다 오래전에 본 듯
한 사람, 무엇 때문에 내게로 달려오는지 묻지 않았고 직
감적으로 중력에 몸을 맡겼다 그저 달렸다 물속을 지나갔
다 저렇게 큰 물기둥은 처음 봤다 라부파도라 물기둥 거
대함 뒤엔 언제나 옆에는 작은 파도와 물보라 서 있었다
어느새 파도타기 익숙해 있었다

같거나 크거나

    달력을 넘긴다 365일 중 하루씩 어머니 생신과 아버지의 기일이 머문다 아들딸 생일이 가물거리고 내가 태어난 해와 아이들이 태어난 해를 뺀다 결혼기념일 수능 보는 날 월급날 문화유산 등제하듯 날짜를 입력한다 빨갛게 동그라미 안에 들어간 날짜들이 많아진다 이번 달도 두 번 있는 기념일 하나 지운다 행복지수의 숫자놀이에 울고 웃는 감동스토리 삶을 저울질 한다

밖을 본다

하염없이 밖을 본다 무심히 나를 감싸는 햇살 눈이 부셔 미관을 찡그린다 거실 구석구석 비집고 들어와 부유하는 빛살 바스락 거린다 홍시가 익어가는 가을 까치밥에 미끄러지고 벌써 며칠째 휠체어에 앉아 좁은 문을 열고 닫는다 굳어가는 감각에 날이 서는 발가락 꼼질거린다 창밖을 그리워하는 모세혈관 현관문을 열고 계단을 내려가 관리실을 통과한다 하늘은 늘 높다 상쾌한 바람에 코를 벌름거리지만 도통 말을 잘 듣지 않는 휠체어에 지극히 작아진다 아메바가 꿈틀거리듯 눈 가장자리로 스며드는 풍경에 굴절된 햇살이 지나간다.

미스트 트롯

쨍하고 해 뜰 날 있다더니 전 세계 사람들 창살 없는 감
옥살이 몇 달을 달렸는데 할머니가 좋아하시던 유행가 젊
은 청춘들이 부르고 있다 세대를 떠나 한 팀이 되어버린
우리 가족 긴 동굴 속으로 빛을 찾았다 가창력으로 승부
를 거는 K와 자신감으로 막걸리를 마시며 어린 손자뻘의
J군이 우리를 위로 한다 특별한 장기 하나 없이 살아온 날
들을 만지작거리며 흥얼거려본다

노래를 좋아하던 아버지
마을 잔치 주름잡던 장구소리
논과 밭에 울려 퍼지는 젊은 행진
보고 싶은 사람들 춤을 춘다

할머니의 애창곡이 내 애창곡으로 변해가는 날이다 화
면마다 니가 왜 거기서 나와라며 손뼉 치고 어깨춤을 춘
다 빛으로 찾아온 젊은 가수에게 외로운 청춘 하나 위로
받는다 마음 뺏긴 친구는 오래전에 써둔 상속권자 변경하
기 위해 변호사를 부른다

유통기간

육포 한 봉 식탁 위에 있다 비닐을 벗겨 살점 하나 입으로 밀어 넣는다 성급한 조건반사는 침샘을 자극한다 단단한 육질에 육즙이 녹아든다 연한 살점이 단단한 고딕체로 굳어갈 때 푸른 초원은 살아있다 씹으면 씹을수록 귀밑샘은 요동친다 첫사랑에 혓바늘 돋는다 자율신경을 건드리는 이빨사이로 삐져나오는 환영들은 위안을 얻는다 이식한 인공치아를 조이며 파로틴 호르몬은 경의를 표한다

숨바꼭질

파도가 바다를 흔들었다 긴 밤 혼돈으로 밀려가고 램 수
면은 멀리서 울었다 눈 가장자리에 물보라가 일었다 침대
맡에 둔 알람시계는 저 혼자 잘 자고 있고 간혹 지나가는
앰뷸런스에 놀란 귀를 쫑긋 세웠다 걷어찬 이불은 신경질
적으로 쓰러져 있었다 불면의 바다는 어둠 속에 절여졌다
적막 같은 새벽은 오고 부어오른 가로등 불빛은 아직도
졸고 있었다

꿈꾸는 일상

내 안에 비밀을 깨고 싶다 여행 가방을 싼다 충동은 늘 그렇게 온다 선크림과 선글라스 비키니 스무 살 필요충분 조건이다 사랑의 묘약과 유황도 한 병 넣는다 혹시 태양을 피할 때 우산이 있어야 한다 마르지 않는 샘을 찾아 지도를 본다 이제 비행기를 타고 이카루스를 만나야 한다 밀랍이 녹기 전에 나는 하늘과 바다의 중간 어디쯤에서 크레타 섬을 탈출하는 꿈을 꾼다 수많은 마그리트는 검은 우산을 쓰고 내려온다

격리 중

　자동차가 달린다 빗길에 남긴 타이어 자국들이 겹겹이 포개지고 우산을 쓴 사람 옆에서 비를 맞는다 저 멀리 신호등은 물 춤을 추고 자동차에 끌려가는 물길은 칼춤을 춘다 우산을 쓴 사람도 안 쓴 사람도 흠뻑 젖은 몸에서 모락모락 김이 난다 각자의 체온은 측정을 거부한다 자가격리 중이다

횡설수설

  비밀은 냉장고에 있다 바람이 적당이 불어주고 가끔은
꺼내 보기도 하는 그런 상념 냉장고에 넣는다 위 칸은 바
람 잘 날 없는 살림살이가 들랑거리고 아래 칸은 들추기
싫은 치부를 검은 봉지에 담아 얼린다 밤마다 들썩이는
날것들의 소리에 냉장고는 속을 알 수 없는 유산을 남기
며 눈알 굴린다

체온조절

소식이 날아왔다 낭보가 가까이 오는 동안 살림살이 부
서졌다 몸이 푹푹 삭는 동안 상처 난 가슴이 피를 흘렸다
먼 곳의 기별도 오는 길에 한쪽 면이 잘리고 남은 결말이
도착했다 이미 몸은 허술해졌고 상처는 너덜너덜했다 증
발해버린 상처들도 가끔 들추어내면 긴 비밀로 일어섰다
과거를 주워든 사람들 새로운 현실을 그릇에 담았다 몸에
서 열이난다

경계를 푼다

오디가 익어간다 빨간색 언저리에서 보라색으로 물들
어갈 때 쯤 봄이 익는다 개천과 텃밭 사이로 올라 탄 뽕나
무 넓적한 허벅지 내 놓고 얼굴을 가린다 봄볕에 그을린
상추가 첫 잎을 축 늘어트리고 새 잎을 향해 제 몸을 낮추
는 틈에 살 오른 봄동 히죽거린다 빨간 오디가 변하는 동
안 수많은 손길이 보랏빛 시샘을 누르느라 몸져누웠단다

새집 증후군

부산광역시 서면지하상가 사람의 물결 그녀의 샴푸 향
기에 취해 걷는다 지하철 1호선에서 2호선으로 갈아타려
다 다시 1호선을 탄다 경로를 이탈한 나는 낯익은 사람들
이 저장된 기억을 잡고 지하에 묻힌 새집을 찾는다 대뇌
에 저장된 세포 사이로 스냅스 회로를 타고 걷는다 철커
덕 찍히는 카드가 빠져나오고 오래전 학습된 사람들의 향
기를 태우고 다시 출발한다

메아리

골목길 단풍잎이 무성하다 쓸쓸한 가을바람 낡은 생각
들이 뒤엉키고 노란 조끼를 입은 미화원 아저씨 싸리비
들고 가을을 쓸어 담는다 버려진 담배꽁초 꼬부라진 반
토막 구겨진 거리를 만지작거린다 지난 밤 나무 벤치 위
일회용 패트병 걷어차고 지나간 들쥐들 오줌을 지리고 간
날이면 보초를 서던 은행나무 니코진에 취해 진저리 친다
분리수거장 앞에서 분리되지 않은 지난밤 경고장을 씹는
다

기억은
그리움을 들춘다 조규옥 시집 · 작가마을 시인선 52

제4부

숲속 비밀

 풀숲이 시끄럽다 숲으로 찾아드는 무리 쏟아내는 질투로 시리게 푸른 얼굴이다 사방이 침묵 속에서 더 수북해지는 수국의 비밀 한 움큼 꽃무리 치켜들고 향연을 펼친 숲 속 주인장 된다 숲길로 난 물줄기 따라 꽃 색이 변한다는 이 길, 푸른 수국들이 풀풀거린다 어느 맛을 품었기에 무성히 피어났는지 밤새워 지켜보다 잠들고 싶은 숲, 수국 군락지 장산을 돌아 나오는 동안 쓰다가 사라지는 시어들과 찐하게 에로 영화 한판 찍다 돌아보아도 푸른 얼굴이다 푸른빛 무리들 더욱 강렬히 내게로 온다

몽환의 숲

 안개비 내리는 녹담길 너의 목소리를 듣는다 오솔길을 따라 켜켜이 쌓인 낙엽, 아득하게 멀어진 갈망을 풀어낸다 이끼 낀 수로를 따라 오만을 덮지 못하는 야생의 골짜기, 지극히 작은 제비꽃의 미덕을 생각한다 꼿꼿하게 위로만 가는 나무의 충만함과 결핍, 뿌리는 끊임없이 물관을 흔든다 가난한 발걸음 옮길 때마다 단순한 너의 세계는 울울창창하다 그 사이로 지나가는 햇살이 웃었다

포장마차

　해운대 앞바다 갈매기호, 호객하는 이모 손에 이끌려 포
장마차에 앉는다 푸른 바다 옆에 수족관 물보라 일어난다
해녀가 잡았다는 성게 해삼을 고르며 수심 100M 모래진
흙 속 개불을 건드린다 불그스레한 몸통이 꿈틀대고 포차
이모는 해삼 배를 갈라 내장을 꺼내 깻잎 위에 올려준다
짭조름한 첫맛은 빨간 입술을 훔친다 돌기가 돋아난 몸을
초장에 찍어 먹는 동안 홍조 띤 얼굴 하나 들이밀며 성게
알을 터뜨린다 부서지는 파도 소리에 괭이갈매기 둥지에
서 심해를 건져 올린다 도마를 닦고 행주를 훔치던 이모
는 멍게를 들고 칼끝을 세운다

바람이 반짝인다

　－ 산복도로

　망양로가 열린다 비탈길은 칼바람에 휘청거리고 낯선 지붕 위로 뒤엉킨 사물들이 정적 속에 갇힌다 발아래 펼쳐지는 세상 날개를 퍼덕이지만 낮달은 밤을 그리워한다 가슴을 쓸어안고 살아가는 가로수 집 잃은 길 고양이 신음소리에 허기를 느낀다 샛별이 반짝이는 흑백사진 속 당신은 늘 팽팽한 날들이다 일란성 운명을 찾아 창가에 머무는 낮과 밤 서로의 빛으로 잠식되는 동안 가로등 불빛에 흔들리는 비탄은 골목마다 비스듬히 새어나온다 저 멀리 떨어진 별무리 속에서 푸른 별을 찾는 어둠은 백일몽에 잠기고 트럼펫 소리가 밤하늘을 찢는다

동백섬 8

　동백꽃 피는 겨울 숲길을 걷는다 서해로 기울어지는 노을이 광안대교에 걸려있고 아득히 밀려드는 갈매기 떼 서러운 춤춘다 파도는 가슴앓이를 뱉어내고 산책 나온 사람들은 짙은 숲을 흔든다 붉은 동백꽃, 입술을 꼭 다물고 바람을 타고 오는 무성한 소문들이 앞서간 날들을 덮지 못한다 동박새 울음에 놀란 벌들이 숲으로 숨어들고 붉은 꽃잎들이 파르르 떤다 꽃가루가 묻은 날개를 털며 입술자국마다 빨간 동백꽃이 물든다

해녀의 섬

밀려오는 파도가 속도위반이다 안전띠도 매지 않았다고
가슴을 때린다 햇살 머금은 밀물이 거품을 물고 달려든다
주절대는 파도는 행간을 놓치며 지나간다 수십 년을 버텨
가슴에 구멍이 난 줄 모른 채 눈동자 까맣게 내젓는 한숨
수평선에 안개꽃 피어난다 부력 잃은 섬 그늘에 제 몸 부
딪혀 부서지는 별빛 저마다, 등불을 밝힌 섬 물빛 따라 흔
들리는 얼굴에 시퍼렇게 멍든 해녀가 산다 바람 끝에 휘
몰아치는 숨비소리 물결 따라 세상 밖에 서 있는 할머니
물옷에 핀 소금 꽃 품에 안고 수없이 퍼내도 마르지 않는
파도 숨 가쁜 숨소리 안전띠를 매어준다

출구

　동백역 1번 출구 좌판이 점령한다 비좁은 길에 경계를
정한 자리 눈알만 굴린다 마스크 밖으로 새어나오는 신음
소리 나무그늘에 숨죽인 푸성귀 말라간다 분주히 사라지
는 발자국을 잡으며 물을 달라고 해도 못들은 척 한다 늦
은 시간 출구를 빠져나오는 사람들 축 처진 어깨가 닮아
있다 마지막 떨이를 검은 봉지에 담는다 하루 종일 단내
나는 마스크는 좌판을 접는다

심해

해운대 바다를 본다 저 바다 속엔 무엇이 있어 저리도 푸른빛일까 밀려가는 파도 속 작은 미생물 물살에 흔들리며 몸을 키운다 꿈틀거린 기억들 소금 빛으로 내게로 온다 빌딩숲 불빛에 밀려온 화려한 바다는 어둠을 녹인다 외로움에 철썩이는 파도에 밀려가는 별밤 표류하던 어제의 욕망에 불안한 얼굴로 경고장 날린다 와우산 저편 점점이 흔들리는 바다 속 무수히 쏟아낸 깊은 산이 누워있다

두만강

　두만강 푸른 물을 그리워하던 조교수 중국 땅에서 북한 땅을 바라보며 무슨 생각 했을까 저 회한의 강을 헤엄쳐 건널 수 있건만 단절된 지금은 건널 수 없는 강이다　질풍 노도기를 헤쳐나가 듯이 청춘은 불끈 솟아올라 의지를 불태우지만 두만강은 푸른 눈물로 흐르고 있다 무심하게 세월은 가고 언제 다시 이곳에 설 수 있을지 기약 없는 인생 길 조용히 바라만보는 가까운 땅 변함없이 흐르는 두만강은 늘 첫사랑처럼 흐른다

파김치

    검버섯 한 꺼풀 벗겨낸다 하얀 속살은 속을 내보이지 않는다 박피 시술 광고는 지하철을 탄다 한번 벗기면 두 번은 쉽다 겉껍질과 속껍질을 투과한 붉은빛은 검은 진주로 태어난다 매스를 번쩍 들고 껍질을 벗기는 손가락을 타고 눈물이 터진다 파괴된 표층은 투명한 빛을 막아야 한다 달이 기울 때 움파는 잘 자란다 소문나지 않게 보일 듯 말 듯 실파를 다듬는다 오늘 담근 파김치 맛있게 익어간다 유약 바른 달 항아리 반짝인다

습지

　대지에 비가 내린다 여전히 움츠리고 있는 땅속 줄기들
눈을 부비며 지난겨울을 살핀다 꽃샘추위가 삐죽거리고
숨어있던 뿌리는 묵묵히 굵은 발을 뻗고 있다 반그늘을
만드는 잎사귀들이 흔들린다 짧은 입맛을 달래주던 쓴맛
이 저런 꽃자루 피우다니 아릿한 추억이 오고 간다 버릴
것 없는 머위 곧게 세운 뚝심 솜털 사이로 향기가 흐른다
바람은 쌉쌀한 껍질을 벗기느라 습지에 머문다

아는 사람인가?

　지하철 안에서 마주보는 시선은 늘 민망하다 환승을 하고 자리에 앉은 삶이 넉넉해지는 나이쯤에 중년 여인이 옆에 그리고 옆에 앉아 있다 옆에 앉은 여인은 어디를 가느냐고 묻는다 나는 아주 익숙하게 동백역에서 내린다고 한다 옆에 여인은 센텀역에서 남편과 만나 성형외과에 간다고 한다 직장에서 퇴근하는 길이라며 퇴직을 고민 중이라 한다 한참을 이야기를 하다가 갑자기 옆에 옆 사람이 역방향이라며 옆의 여인의 손을 잡아끌며 광안역에서 내린다 옆에 그녀가 센텀역으로 간다는 말에 광안역방향이란 것을 알아차린 것이다 그녀 둘은 웃으며 해운대 방향 지하철을 갈아탄다

은빛 물결

이곳까지 흘러왔다 그 누구의 눈 맞춤에 흘려 여기까지
왔는지 하늘 먼 길, 산 그림자를 굽이굽이 휘돌며 하염없
이 굽이쳤다 철새가 날아오르고 물에 잠긴 마을과 버스정
거장 당산나무를 타고 숨을 탁 쳤다 갈대숲에 몸을 맡기
며 스산한 밤을 보내고 수척해진 물빛에 달빛을 씻겨 위
안이 얻었다 강물에 흔들리는 불빛에 물결은 춤을 추었다
짧은 호흡으로 소용돌이 깊어질 때 은빛 물결이 반짝였다

풀이 돋는다

풀이 돋는다 간밤에 훌쩍 커버린 풀 밤마다 키를 키운다
어둠 속에서 돋아나는 풀들 밝은 도시의 낮 밤이 바뀌어
도 모른다 도시의 풀들이 더 날카롭다 자동차 경적소리
참아내다가 화려한 밤으로 분출된 까칠한 얼굴 민낯을 사
각명찰에 감춘다 푸석한 머릿결은 밤이슬로 이마에 붙인
다 화려한 빌딩숲 간판마다 천연덕스럽게 시선을 잡아끌
어 새벽 첫차를 탄다 아무일도 없다는 듯 까칠한 풀씨를
터트린다

붓꽃 축제

붓꽃이다 곧추선 아라베스크 발레리나의 자태 우아한
보랏빛 날개를 편다 아침햇살에 피어나는 보랏빛 향기 닿
는 곳마다 한 떨기의 꽃잎이 춤을 춘다

모질게 발끝을 세울 때 화려한 날들이 비상하고 그림자
길어진 해질녘 행복한 시간은 가슴을 움츠리며 시들어간
다 달빛에 젖어드는 군무가 펼쳐질 때 호수가 있는 숲은
환희에 차오른다

황토 길에서

   부엌문 열면 작은 아이가 있다 군불 지피는 온기를 따라 기울어지는 몸짓 가마솥도 덩달아 기울어진다 보리밥 냄새가 벌름거리고 허기를 달래는 시래기 된장국 뿌글거린다 감자전 뒤집는 주걱을 들고 엉덩이를 흔들어 대던 모깃불, 매캐한 짚불 냄새로 지붕 위 호박을 키운다 그을린 부뚜막에 고양이 발자국 졸고 있을 때 그 아이의 유년이 함께 졸고 있다

저녁노을

아스팔트 위에 쏟아지는 햇살 어디로 튈지 모른다 뜨거운 복사열들이 유리창에 부딪히며 주의보를 내린다 스마트자동차의 배기량이 뜨겁게 가속도를 낼 때 가로수는 뿌리 깊숙이 감춘 물관을 끌어 올린다 지면에 흩날리는 사념들이 녹아내리고 양철지붕 마을버스에 올라탄 그녀의 저녁노을이 바다에 빠질 때 달아오른 열기구에 매달린 수많은 꿈들이 태양을 건져 올린다

기억은
그리움을 들춘다_____조규옥 시집 · 작가마을 시인선 52

시와 삶의 행복한 의장意匠

구모룡(문학평론가)

시와 삶의 행복한 의장意匠
— 조규옥의 단형 서술시의 세계

구모룡(문학평론가)

1

조규옥은 단형 '서술시'narrative poem에 집중하고 있다. 서술시는 산문과 시의 경계 영역에서 시적 묘미를 구하는 양식이다. 응축과 이완이 서로 밀고 당기는 형태를 보인다. 당연한 이치이지만, 어느 한쪽의 일방으로 기울 때 시적 효과가 감소하기 마련이다. 그렇다고 정해진 중립지대가 있거나 본디 난해한 양식이라는 말이 아니다. 생활 속에서 이야기하려는 본성에 기대면서 자기만의 리듬을 만드는 일이 요긴하다. 일반적으로 말할 때, 시에서 은유와 리듬이 가장 중요하다. 느낌과 감응의 대상을 확장하면서 개성적인 율동을 획득하는 과정이 요긴하기 때문이다. 서정시를 규정하는 최소정의인 '시행발화'는 바로 리듬의 생성과 연관한다. 서술시는 서정시가 지니는 최소정의의 색인조차 지우려는 발화이다. 그만큼 리듬을 형성하기 어려운 조건을 지닌다. 이를 극복하기 위하여 이미지, 사건, 이야기, 의미 등을 통하여 다양한 효과를 만들어야 한다. 이 점이 중요한데 조규옥 시인의 서술시가 감당해야 할 시법에 해당한다.

망양로가 열린다 비탈길은 칼바람에 휘청거리고 낯선 지
붕 위로 뒤엉킨 사물들이 정적 속에 갇힌다 발 아래 펼쳐
지는 세상 날개를 퍼덕이지만 낮달은 밤을 그리워한다 가
슴을 쓸어안고 살아가는 가로수 집 잃은 길 고양이 신음소
리에 허기를 느낀다 샛별이 반짝이는 흑백사진 속 당신은
늘 팽팽한 날들이다 일란성 운명을 찾아 창가에 머무는 낮
과 밤 서로의 빛으로 잠식되는 동안 가로등 불빛에 흔들리
는 비탄은 골목마다 비스듬히 새어나온다 저 멀리 떨어진
별무리 속에서 푸른 별을 찾는 어둠은 백일몽에 잠기고 트
럼펫 소리가 밤하늘을 찢는다

「바람이 반짝인다─산복도로」 전문)

이 시편은 산복도로인 망양로에서 비탈길과 지붕 위의 사물들을
바라보는 데서 시작하여 어둠 속에서 트럼펫 소리가 밤하늘을 찢는
데 이르는 과정을 서술하고 있다. 근경에서 원경으로 낮에서 밤으로
공간과 시간이 교차하며 이동한다. 그런데 이 시편이 이야기하는 시
간과 공간은 순차적이지 않다. 낮달과 밤, 아래와 위, 과거와 현재
등이 혼재한다. 그만큼 변하는 가운데 변하지 않는 풍경의 속성을
말하고자 함이다. 이는 "푸른 별을 찾는 어둠은 백일몽에 잠기고 트
럼펫 소리가 밤하늘을 찢는다"라는 결구에서 도드라진다. 낮달에 상
응하는 백일몽에 밤의 어둠이 잠기는 정황이다. 낮에 꾸는 백일몽은
밤에 꾸는 꿈과 다르게 자유로운 몽상에 가깝다. "낮과 밤 서로의 빛
으로 잠식되는" "가로등 불빛에 흔들리는 비탄"을 승화하는 대목이
다. 그러니까 이 시는 이미지의 교차와 의도된 착종을 통하여 시적
여운을 만든다. 이처럼 「바람이 반짝인다─산복도로」를 읽을 수 있

었는데, 조규옥의 서술시가 시적 상황에 적합한 담론을 형성하고 있음을 알게 된다.

2

조규옥이 줄글 형태의 글쓰기를 시답게 만들려는 의도는 여럿이다. 무엇보다 먼저 제목 붙이기에서 그 의도가 크게 드러난다. 시편의 제목을 미리 정하는 경우보다 나중에 찾는 경우가 더 많은 게 일반적인 창작 방법이다. 아마 조규옥도 이러한 방법에 따라서 표제를 선택하였으리라고 생각한다.

> 계절이 바뀔 때마다 당신은 등을 긁는다 손이 닿지 않는 견갑골 골짜기에 짚신벌레가 꼼지락 거린다 후덥지근한 날씨에 아메바는 증식하고 무성생식하는 당신은 단세포가 된다 정복하지 못한 원형질, 간질거리는 상념들이 나무 둥치에 제 몸을 부빈다 지상에 거처를 구하는 일은 풀밭에 떨어진 눈물을 분할하는 것 촉촉해진 당신의 눈 그늘 천천히 부푼다

「성장통」 전문)

몸의 변화를 말하면서 이를 '성장통'이라는 제목과 결합한다. 노화 현상이나 질병을 성장통으로 전화하는 의식이 중요롭다. 성장의 의미를 새롭게 하는바, 이는 또한 결구와 연관된다. "지상에 거처를 구하는 일은 풀밭에 떨어진 눈물을 분할하는 것 촉촉해진 당신의 눈 그늘 천천히 부푼다"라는 구절에 깃든 의미의 울림이 있다. 삶의 그늘이 내면의 성장으로 이어진다. 그늘이 없는 삶은 빛과 어둠이라는

이분법의 가치에 갇힌다. 거기에는 젊음과 늙음, 삶과 죽음, 성장과 소멸의 대립쌍이 있을 뿐이다. 시인은 제목을 통하여 결구의 반전을 증폭한다. 물론 모든 시편의 표제가 본문의 서술과 조응하면서 의미를 확장하는 것은 아니다. 가령 「바이러스」는 너무 쉬운 답을 미리 주는 듯 밋밋하다. 이와 다르게 「독백」은 서술된 텍스트를 해석하는 데 거리가 있어 낯설다. 「마술사」처럼 수수께끼를 주문하기도 한다. 본디 시와 문학에 수수께끼가 내재해 있다는 점에서 일정한 묘미를 획득한다. 이는 작가 혹은 시인과 독자가 벌이는 게임이다. "나이테를 알 수 없는 선은 눈 깜짝 한 사이에 검정 자루 속으로 숨는다"라는 마지막 구절이 말하듯이 죽음에 이르는 과정을 말함이 분명한데 이를 마술사가 도화지에 전개하는 선의 마술에 견준다. 「두만강」처럼 시적 대상을 표제로 내세워 굳이 본문과의 긴장을 찾을 필요가 없는 경우도 있다. 오직 텍스트의 내용이 전달하는 진술언의 전부이다. 그도 그러한 것이 중국 땅에 가 있는 "조교수"와 그가 그리워하던 "두만강"을 노래하고 있다.

　햇살 들어오는 현관에 상상화 걸려있다 작가미상이다 숲은 빨갛게 물들고 노란 비옷을 입은 아이가 초록우산을 들고 있다 이상한 것은 맨발로 서 있는 아이는 여자인지 남자인지 알 수 없다 어릴 적 나를 바깥 놀이를 좋아하여 사내아이 같다고 놀리던 어른들의 말을 먹고 컸다 흙 묻은 치마를 날리며 새털처럼 가볍게 뛰어오르던 하늘은 저 높이 있다 비가 내린다 노란버스에서 아이들이 왁자지껄 내린다 다행이다 아이들은 장화를 신고 있다 빌딩숲 사이로 무지개가 지나간다

「상사화」 전문

첫머리에서 "상상화"를 제시하였으나 표제는 '상사화'이다. 이 시편은 이러한 어긋남을 읽어내길 의도한다. 노랑과 빨강 사이만큼, 유년과 현재의 풍경 사이의 거리가 있다. 여자인지 남자인지 알 수 없는 "맨발로 서 있는 아이"에게서 유년의 '나'를 발견한다. "어릴 적 나를 바깥 놀이를 좋아하여 사내아이 같다고 놀리던 어른들의 말을 먹고 컸다"라고 진술하고 있듯이 유년은 "무지개"처럼 다채롭다. 그러한 유년에 대한 그리움이 표백되었기에 '상상화'에서 "빨갛게" 물든 "숲"은 아마 상사화 꽃밭이 아닌가 한다. 이처럼 시편마다 제목은 본문과의 연속성, 어긋남, 낯설게 하기의 긴장을 만들면서 해석의 묘미를 부가한다. 조규옥이 이러한 시적 놀이에 관심을 투여하고 있음이 분명하다.

서술시를 시답게 하는 또 하나의 요소는 결구의 기능이다. 모든 서사는 처음과 중간과 끝이 있다. 시행발화의 시편이든 줄글의 '이야기 시'든 이러한 3단 구성은 익숙한 패턴이다. 이 가운데 가장 중요한 지점이 끝이다. 고양된 의미와 리듬을 증폭하고 반전을 형성한다. 이러한 반전은 사건, 의미, 이미지 등 다양한 장치로 가능하며 그 나름의 율동을 동반한다.

검버섯 한 꺼풀 벗겨낸다 하얀 속살은 속을 내보이지 않는다 박피 시술 광고는 지하철을 탄다 한번 벗기면 두 번은 쉽다 겉껍질과 속껍질을 투과한 붉은빛은 검은 진주로 태어난다 매스를 번쩍 들고 껍질을 벗기는 손가락을 타고 눈물이 터진다 파괴된 표층은 투명한 빛을 막아야 한다 달이 기울 때 움파는 잘 자란다 소문나지 않게 보일 듯 말 듯 실파를 다듬는다 오늘 담근 파김치 맛있게 익어간다 유약 바른 달 항아리

반짝인다

이 시편의 실제 상황은 "파김치"를 담그는 과정으로 이해된다. 지하철 광고판에 걸린 "박피 시술 광고"를 연상하는 대목도 재미를 자아내고 "달이 기울 때" 잘 자라는 "움파"의 생태도 흥미롭다. "실파"를 다듬어 넣은 김치가 익어가는 과정은 결구의 "유약 바른 달항아리 반짝인다"에 이르러 상승하는 리듬을 타게 된다. 이 시편의 마지막처럼 한 편의 시를 갈무리하는 시인의 정성이 중요롭다.

대나무집 우물에 두레박 던진다 바람소리에 무성하게 일렁이던 그리움, 삼복더위 시원한 물 한 바가지 외할머니 더운 속을 달래준다 도시로 나간 큰 자식 무소식에 대나무 숲만 바스락거린다 그해 봄 죽순처럼 화병이 불쑥불쑥 올라오고 밤바람에 서리가 하얗게 내린다 동지섣달 대숲은 무섬을 머리끝에 세운다 두레박 소리 들리는 외갓집 대나무꽃이 필 때면 붉은 나비가 날아든다

단순한 추억이 아니다. "외갓집"에 얽힌 많은 이야기를 함축하고 있다. 그 집을 지키는 외할머니와 집을 둘러싼 우물, 대나무 등의 사물과 바람과 서리 등의 자연현상이 모든 내력을 말한다. 물론 집의 중심은 우물이지만, 이 시편의 의미 지향은 대나무밭을 향한다. "도시로 나간 큰 자식 무소식"에 이어서 "죽순처럼 화병이" 올라오고 상서로운 "서리"가 내린다. 어떠한 "무섬"이 지배적인 분위기가 되는

데, 마침내 "대나무꽃이" 피고 "붉은 나비가 날아든다". "대나무꽃"이 의미하는 바가 크다는 사실을 알기는 어렵지 않다. 생태학적으로 60년에서 100년 사이에 한 번 피는 꽃이기도 하고, 어떤 징후를 예고하는 상징으로 받아 들여온 경향이 있기 때문이다. 여기에 결구가 말하듯이 "붉은 나비"가 날아들었으니 단순한 상황은 아니다. 이처럼 이 시편은 점층하는 이미지와 의미가 마지막에 이르러 정점으로 나아가는 형국을 하면서 리듬을 창출한다. 그런데 「소용돌이」는 「외갓집」의 서사 과정과 달리 어떤 파국의 이미지가 마지막에 이르러 그 발생의 원인으로 귀결하는 형태를 취한다.

> 폭풍 속으로 거실이 잠긴다 창밖은 빗물이 쉼 없이 넘실거린다 커피 잔을 들고 창가에 앉아 밀려드는 물결을 본다 거친 물살에 몸을 맡기면 몸이 가벼워진다 씻겨 내려가는 제국의 크기를 살펴보는 미련한 변명은 발악을 하며 테트라포드가 무너지고 하수구가 역류한다 통곡을 쏟아내는 지표면들이 아우성이다 목소리 클수록 주목을 받는 황당한 사연들이 대서특필을 장식한다 커피 잔에 무시로 날아드는 나비 한 마리, 생각의 흔적들이 비구름의 씨가 된다
>
> 「소용돌이」 전문)

어쩌면 "나비 효과"를 말하고 있다고 할 수도 있겠다. 이 시편의 장면들은 처음에서 중간으로 고조되다 후반에서 정리되는 양상을 보인다. 폭풍에 잠기고 물살에 밀려가고 하수구가 역류하는 등의 "아우성"이 실제 상황은 아니다. 찻잔 속의 "소용돌이"일 수도 있다. 하지만 "제국의 크기"를 비판하는 화자의 목소리에서 어떤 세계인

식을 반영한다. "그래서 커피 잔에 무시로 날아드는 나비 한 마리, 생각의 흔적들이 비구름의 씨가 된다"라는 마지막 구절의 함의가 크고 울림이 있다. 이처럼 이 시편은 여러 장치와 이미지를 겹치고 포개면서 결구에 이르러 그 의미를 함축한다.

3

조규옥의 단형 서술시가 이야기하려는 세목은 다양하다. 자기의 삶, 고향과 유년의 추억, 환상과 꿈, 가족사, 사물과 풍경, 생활과 일상 그리고 타자의 삶이다. 무엇보다 서정은 자기표현에서 출발한다. 「밖을 보다」는 미끄러져 다친 다리 탓에 외출이 어렵다 밖으로 나가는 과정을 그리고 있다. 단순하게 하나의 경험적 사건을 말하고 있지만, 인간은 누구나 끊임없이 자기의 외부로 나아가려는 경향이 있음을 의미하기도 한다. 실존existence은 그 어원을 따라가 보면 탈(ex)존재이다. 표현expression도 이와 같아서 내부로부터 바깥(ex)으로 표출하는 행위이다. 그러므로 시인은 자기로부터 주체의 동심원을 그린다. 한때의 추억이나 유년과 고향의 그리움도 내부에 있는 기억을 나타내고자 하는 의식의 소산이다. 「황토 길에서」와 「미루나무의 그늘」은 미루나무가 있는 황토 길에서 보낸 어린 시절의 추억을 소환한다. 순수한 시대의 미분화된 의식의 기억이다.

부엌문 열면 작은 아이가 있다 군불 지피는 온기를 따라 기울어지는 몸짓 가마솥도 덩달아 기울어진다 보리밥 냄새가 벌름거리고 허기를 달래는 시래기 된장국 뽀글거린다 감자전 뒤집는 주걱을 들고 엉덩이를 흔들어 대던 모깃불, 매캐한 짚불 냄새로 지붕 위 호박을 키운다 그을린 부뚜막에 고양이 발

자국 졸고 있을 때 그 아이의 유년이 함께 졸고 있다

「황토 길에서」 전문

.

　"부엌문을 열면 작은 아이가 있다"라는 구절에서 "작은 아이"는 내 안에 도사린 유년의 표정이다. 이 시편 속의 모든 사물은 서로 연결되어 있다. 온기를 따라 몸이 기울어지면 가마솥도 기울어진다. 냄새가 움직이고 모깃불도 따라서 엉덩이를 흔든다. 이 모두가 지붕위 호박을 키우듯이 '아이'도 그 안에서 성장한다. 이와 같은 유기적세계의 기억은 「희망찬가」가 말하는 가족사와 더불어 지금의 사회적자아나 현실에 대한 거리를 만들거나 비판의 기제가 된다. 유년의공간과 마찬가지로 미지는 "마스크"(「출구」에서)로 출구를 잃고 있는현실의 통로가 된다. 「낯선 세상」은 여행의 기억을 통하여 자아의 외부를 확장하는 과정을 보인다. 풍경에 대한 감정이입은 사물과 만나면서 감응의 지평을 확대하게 한다. 상상이나 환상보다 훨씬 더 생동하는 물질에 가닿는 경험이다.

　이곳까지 흘러왔다 그 누구의 눈 맞춤에 홀려 여기까지왔는지 하늘 먼 길, 산 그림자를 굽이굽이 휘돌며 하염없이 굽이쳤다 철새가 날아오르고 물에 잠긴 마을과 버스 정거장 당산나무를 타고 숨을 탁 쳤다 갈대숲에 몸을 맡기며스산한 밤을 보내고 수척해진 물빛에 달빛을 씻겨 위안이얻었다 강물에 흔들리는 불빛에 물결은 춤을 추었다 짧은호흡으로 소용돌이 깊어질 때 은빛 물결이 반짝였다

「은빛 물결」 전문

102 조규옥 시집

시인의 내면에 있는 지향이 이와 같은 외부의 풍경을 찾게 하였으리라 생각한다. 이 시편에서 은유는 거의 사라지고 없다. 은유가 불필요할 만큼 자아와 사물이 유기적인 관계를 형성한다. 「체온조절」이 말하는 현실과 전혀 다른 국면이다. 「체온조절」은 살림살이가 부서지고 상처 난 가슴이 피를 흘리며 "먼 곳의 기별도 오는 길에 한쪽 면이 잘리고" 몸은 허술해져 나아질 기미가 없는 삶을 말한다. 이러한 현실에서 「은빛 물결」의 세계는 "위안"을 주고 생명의 숨결을 부여한다. 물론 시인이 이분법으로 두 세계를 대비하고 있는 것은 아니다. 「돌단풍」에서 "생명력"을 예찬하고 있듯이 "거친 표면에 비늘을 세우는 여린 돌단풍 꽃"처럼 생명의 의지가 주요한 의식의 지평이라 할 수 있다. "다시 피워낼 봄을 위해 고행중"(「되감기」에서)인 "고목나무"와 같은 생성의 가치에 의미를 부여한다.

> 　꽃 접시가 있다 시간이 담기고 음식이 익어간다 그녀의
> 별명이 꽃 접시다 하지만 주어진 시간은 요리만 담는 게
> 아니다 이야기도 담긴다 그는 방이 필요할 뿐이다 식탁에
> 향기를 담고 메뉴판엔 장미꽃을 장식한다 접시 위에 아로
> 마 향이 웃고 있다 지나가는 행렬을 따라 숙성된 산화환원
> 반응에 따라 향으로 탄생한다 어느 날 편두통이 사라지고
> 집 나간 식욕도 들고 온다 오래된 접시꽃 피고진다 향기가
> 난다
>
> (「접시꽃 향기」 전문)

　이 시편과 같이 시인은 이야기가 있고 사람의 향기를 발산하는 식탁을 그린다. 타자와 더불어 생성하는 의미를 만드는 공동체에 대한

지향이 있다. 「어느 해」가 말하듯이 시인은 멸치와 다시마가 잘 조화로운 "무국"과 같은 글을 쓰고자 한다. "가장 행복한 날 나는 멸치인가 다시마인가"라고 묻는 시 속 주인공의 얼굴을 시인의 표정으로 간주해도 지나침이 없겠다. 요리의 철학과 시학은 서로 멀지 않다. 많은 시편에서 시인은 두 지평의 접속을 말한다. 꿈꾸는 일상(「꿈꾸는 일상」에서)의 이야기 속에 사물과 풍경의 행복한 꿈이 있고 생동하는 물질과 생명의 아름다움이 있다. 이러한 시세계를 말하기 위하여 조규옥은 단형 서술시라는 의장을 자기만의 개성으로 만들어 성취하였다.